JN016357

詩集

風とカマキリ

萌沢呂美

七月堂

表紙絵＝小林重夫
「街の明かり」より

手のひらに

フワリ　フワリ
細かい紙切れが落ちてくる
地面に触れると消える
見上げると
空から吹き出ている紙吹雪
手のひらに受けると
小さな水のかたまり
水になる前に　一瞬
目を凝らすと
六角形の結晶が光る
この瞬間
この一瞬が
春

II

III

風とカマキリ

I

兆し

白サギが
池の中をゆっくりと歩いていた
カラスが
池の縁を反対方向から歩いてきた

交差した瞬間

静けさが残った
早春

落日

海辺の町で
電信柱のてっぺんに
カモメが一羽
隣の柱にも一羽
その向こうにも一羽
逆光を受け　柱と一体化している
砂浜の向こうに

鏡のウロコが連なる
そして
一片のウロコが
天に向けて光の矢を放つ
光が太陽に命中
射抜かれた太陽は
ゆっくりと　膨らみながら
海に　落ちてゆく

きつね

雲が月を隠している
山の道
外路灯が
一本の白い線を照らし
その上を
ぎんいろのきつねが　足早に歩いていった
静寂の後

車のテールランプが　赤い線を引いた
その線は　瞬く間に消え
彼方に　火の玉がゆれている

飛んで

紫色のパンジーに
冷たい風がぶつかると
花は小鳥になって
飛び立った

ひよどりがふらりとやってきて
小皿に置いたポンカンの

三日月くわえて
飛んで行った

すずめの親子がやってきて
デイジーの花びら
せっせと食べて
小さな満月　残していった

ブランコ

児童公園で
うす汚れた顔の老婆が
ブランコに座ろうとしている
必死の形相で
しばらくすると
ブランコは揺れはじめ
グン　グン

グン　グーン
大きく揺れて
老婆は空へ
飛んで行った

風と共に

彼は歩いていた
氷の上を滑るように
時々　立ち止まり
たまに　ペタンと座り込み
また歩き出す
何人もが同じ方向に進み
すれ違う人はいない

空が動く
突然
彼は後ろ向きのまま
風に吸い込まれた

からすうり

夕日が落ちると
怪しげな白い花が
レースを吐き出しながら
闇に浮かぶ
虫たちは　吸い寄せられ
一夜の戯れ
朝日が昇り始めると

花は　内側に丸まり
化石になる

晩秋
いつのまにか
朱色のたまごが
蔓に　ゆれている

海の上の喫茶店

テーブルに座ると
まわりは　ぐるりと　海
足元一面に　光のカケラ
グラスに　波と太陽を注ぎ
ちょっと　乾杯
空には　トンビが飛び交い
彼方には

小さな白い三角
の
時間が　浮いている

ひよどりと蜜柑

ふと見ると
ベランダの手摺に　ひよどり
こちらを向いて止っている
「蜜柑をちょうだい」
そっとガラス戸を開ける
と　手摺を奥へ移動
トレイに蜜柑のカケラを数個

ガラス戸を閉める
と　すぐさま降りて来て　次々嘴の中へ
なくなると手摺に戻り
部屋の方へ向き直る
「もっとちょうだい」
じっと待っている
仕方ない　蜜柑を置こう
と　またすぐに降りて来て
瞬く間にトレイはカラ
手摺に戻る
まだ　待っている
また　置く

「ああ、満足！」
やっと　空へ

変身

住宅街を歩いていると
はるか前方に　スイーッ　と
カモメが舞い降りた
こんなところにカモメ？
すると　その鳥は道端に向かい
ビニール袋をつついた
と
カラスに変身

まぼろし村

なめらかな木肌の幹が
鄙びた田舎道に並ぶ
枝は四方八方に長く伸び
その枝には細く葉が絡む
先端にうす茶がかった桃色の塊
生垣に囲まれた家々
その裏庭にも塊の花が揺れる

近くで見ると
塊はかき氷のようにフワフワ
触れると崩れそう
ホロホロと花
満開

夏　もも色に染まる村

狂風の日

木の枝に
青空の破片が
ひっかかっている

突風

自転車で
川辺を走っていたら
飛ばされて
いつの間にか
川の中を走っていた

はるかせ

さくらの花びら
どんどん　積もり
幹は埋まってしまった

紺碧の空

ベランダで
窓を拭こうとしたら
部屋の中は
雲　一つ

いちょう

足元に
黄色いドレス
脱ぎ捨てて

うららか

さくら色の境内で
血を吹き上げる
一本の大樹

一筋

陽傾く　西の空
目から光を放ち
藍色のクジラ　横たわる

タワー

雑草の野原に
太いひまわり　一本
そびえている

影

川面に映る　ビルの灯り
ゆらめく光の上を
泥を積んだ　平たい船が
音もなく　進む

月

ひつじたちが
ボールを蹴り合っている
夕空

落日

落花生の畑に
落下傘が
落下した

さくらの公園

地面を覆う　花びら
の　上に
着地している
ジャングルジム
の
ヒコーキ

畦道

緋色の曼珠沙華が続く
つづく
小石がころがり
進むほど
石は少しずつ
大きくなって立ちあがり
無縁仏になって並んだ

湾

埠頭では
巨大なキリン　何頭も
天に向かって　吠えている

夜更け

倉庫の白い壁に
黒で描かれた　大きな樹
時折　その枝が　動く

灼熱

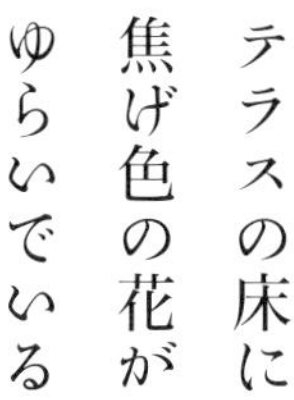

テラスの床に
焦げ色の花が
ゆらいでいる

吊り広告

電車の中に　露天風呂
揺れるたび
縁から　湯が溢れ出る

III

暴熱

蔵の中にテーブルが並んでいる
椅子に座ると
シチューが飛び跳ねながら
土鍋で出てきた
熱い！
5分待つ
肉の塊をスプーンに乗せようとすると

ホロリと崩れた
大きな人参をナイフで切り
一片を口に入れる
ウッ　火傷しそうだ
ハフハフと空気と混ぜて飲み込む
そして　まるごとじゃがいも
切っても立ちのぼる湯気

蔵を出た
辺りは　ススキで覆われていた

節穴

目が覚めると
部屋の中に　光の槍が数本
刺さっていた
小さな手で
掴もうとしたが　掴めない
目が慣れると
こまかい塵が　踊っていた

木の雨戸を開ける
と
朝が来た

朝焼け

午前五時
空に大きな桃色の雲
庭の青い朝顔は　もう花開き
五秒　目を閉じると
雲は走り去り
次の雲が　少し色を薄めて
湧き出てくる

ピンクの松葉ぼたんが
首をたてる
ふたたび　目を閉じると
また変化している空
白いむくげが
昨日の花を一輪　落とす
刻一刻
空は水色に

憩い

その小屋の珈琲店は
節目だらけの板の壁
格子の窓
梁の見える高い天井
木の香り
ランプの明かり
どこからか　すきま風

梁の上に　ふくろうが止まっている
暗くなると　目を光らせて
飛び立っていく
瞬く間に　あたりは　森
都会の中の　束の間

虹の粒

欄干に　しがみついていた
雨の雫が
ついに　落ちる時
光をくるんで　ドロップになった
赤　黄　青　紫
七色の光になって
葉っぱの上をころがり

縁のところで
思いっ切りジャンプ
コバルトブルーの空に
吸い込まれていった

やがて　街は

――銀座大通り――

柳の並木があった
レンガの珈琲屋もあった
交差点に時計台
さまざまな専門店
画廊も点在
広い歩道
のんびりとウインドーショッピング

時　流れ
店はビルに変わり
小さな店は
大きな建物に飲み込まれ
ガラス張りのブランド店入口には
黒背広の男が立つ
通りの両側のビルは巨大化
さらに高くなる
そして
空は細く小さくなって

氷壁の街となる

ヤギの散歩

夜の暗い道
太った白いヤギが一匹
胸張って　悠々と散歩
この街中にヤギ？
思わず目で追う
街灯の下を通過
と

闇夜色の服を着た男が
連れていたのは
犬

風とカマキリ

風の吹く日
紫の小花咲くデュランタの
細い枝に巨大なカマキリが止まっていた
暫くじっとしていたが
ゆっくりと上に登り始めた
自分の重さで枝先はたわんだ
そこへ強風

カマキリは慌てた
逆さになりながらも
必死にしがみついた
そして　凪が少し凪いだ時
急いで体勢を整え
青い空へ　飛び立った

大騒ぎ

ギュル　ギュル
ギギギギ
ギュルルル
庭で　オナガが十数羽
樹と樹の間を大声で
慌ただしく飛び交った
何事？

何が起きた？
二、三分の出来事
静けさが戻った

五月のある日

あとがき

「詩には映像の表現が有らねばならない。その映像は創造する人の絵である。そしてその絵はもはや、スケッチでも絵画でもなく、文字による展示の像である」

と藤富保男先生は言っておられた。

先生には何十年もの間にいろいろご教示いただいたが、それに応えられぬうちに逝去されてしまった。オロオロするうちにあれよあれよと時が過ぎ、六年が消えてしまった。

そして藤富保男先生の下、あざみ書房より第一詩集『空のなかの野原』を出してから十四年もの時が流れていたことに気付いた。そこでその後の詩をここにまとめてみることにした。天国で先生が見てくださることを願って。

この詩集の刊行にあたり知念明子様に多大なるお力添えを頂いたことに深く感謝致します。

——二〇二三年九月　　萌沢呂美

風とカマキリ

二〇二三年一一月二〇日　第一刷発行

著者　萌沢呂美
発行者　後藤聖子
発行所　七月堂
〒一五四-〇〇二一　東京都世田谷区豪徳寺一-二-七
電話　〇三-六八〇四-四七八八
FAX　〇三-六八〇四-四七八七

印刷・製本　渋谷文泉閣

ISBN ISBN978-4-87944-545-2 C0092 ¥2000E